KB075764

아직도
　못 만져본 슬픔이

　　　　　　　있다

강은교 시집

아직도 못 만져본 슬픔이 있다

초판 1쇄 발행 / 2020년 11월 5일
초판 2쇄 발행 / 2021년 6월 23일

지은이 / 강은교
펴낸이 / 강일우
책임편집 / 한인선 박문수
조판 / 한향림
펴낸곳 / (주)창비
등록 / 1986년 8월 5일 제85호
주소 / 10881 경기도 파주시 회동길 184
전화 / 031-955-3333
팩시밀리 / 영업 031-955-3399 편집 031-955-3400
홈페이지 / www.changbi.com
전자우편 / lit@changbi.com

ⓒ 강은교 2020
ISBN 978-89-364-2451-0 03810

아직도
못 만져본 슬픔이

있다

─ 강은교 시집 ─

창비

제1부 · 봄 편

제2부 · 여름편 운조의 현(絃)

제3부 · **가을 편**

제 1 부

봄 편

봄이 오면 기차를 탈 것이다
꽃그림 그려진 분홍색 나무 의자에 앉을 것이다
워워워, 바람을 몰 것이다

매화나무 연분홍 꽃이 핀 마을에 닿으면
기차에서 내려
산수유 노란 꽃잎 하늘을 받쳐 들고 있는 마을에 닿으면
또 기차에서 내려
진달랫빛 바람이 불면
또 또 기차에서 내려

봄이 오면 오랜 당신과 함께 기차를 탈 것이다
들불 비치는 책 한권 들고
내가 화안히 비치는 연못 한 페이지 열어젖히며

봄이 오면, 여기 여기 봄이 오면
너의 따—뜻한 무릎에 나를 맞대고
세상에서 가장 부드러운 여행을 떠날 것이다

은난초 흰 꽃 커튼이 나풀대는 창가에 앉아

광야로 광야로

떠날 것이다, 푸른 목덜미 극락조처럼 빛내며

봄 기차

■

아직도 못 가본 곳이 있다
티브이 다큐멘터리로 안 가본 곳이 없건만
갈수록 갈수록 멀어지기만 하는 못 가본 곳
언제나 첨 보는,

아직도 못 가본 곳이 있다
내 집에 있는 그곳
갈수록 갈수록 멀어지기만 하는 못 가본 곳
언제나 첨 보는,

아직도 못 만져본 슬픔이 있다
내 뼈에 있는 그곳
만져도 만져도 또 만져지는
언제나 첨 보는,

너는 세상에서 가장 오래된 강
아직도 못다 들은 비명
떠나도 떠나도 남아 있는

아직도 못 가본 곳이 있다

12

내가 못 본 사이에
　　등꽃은 피어버렸고

내가 못 본 사이에
　　등꽃은 져버렸네

저문 등꽃 잎 한장
　　주워 드네

함께 함께 깊은 잠
　　떠다니네

등꽃, 범어사

유월, 저녁 하늘에
핼쑥한 달이 떴네
자갈길로 오던 사람
핼쑥한 달이 떴네
그 웃음 자갈에 스미네

　　자갈길로 하얀 손
　　등꽃처럼 흩날리고
　　자갈길로 오던 죽음
　　등꽃처럼 흩날리고
　　그 죽음 자갈에 스미네

핼쑥한 달이 떴네
유월, 저녁 하늘에

핼쑥한 달

■

저녁에 양파는 자라납니다
푸른 세포들이 그윽이 등불을 익히고 있습니다
여행에 둘러싸인 창틀들, 웅얼대는 벽들

　　어둠을 횡단하며 양파는 자라납니다
　　그리운 지층을 향하여 움칫움칫
　　사랑하는 고생대를 향하여 갈색 순모 외투를 흔듭니다

　　　저녁에 양파는 자라납니다
　　　움칫움칫 걸어나오는 싹
　　　시들며 아이를 낳는
　　　달빛 아래 그리운 사랑들

애인들이 푸른 까치발로 별을 따는
한 사내가 이슬진 길을 떠메고 푸른 골목 속으로 사라지는
　푸른 눈꺼풀들이 창문마다 돛을 서걱이는, 또는 닻을 펄
럭이는

시든 양파를 위한 찬미가

■

그 벽에는 못 하나가 박혀 있고 거기 내 외투 한 자락이 걸려 있습니다.

내 외투 한 자락에 덮여 하늘이 조금 팔락거립니다.

거기 손을 내밀어봅니다. 창틀이 긴장합니다. 창틀의 근육에 걸려 내 외투 자락이 빳빳하게 되었습니다.

그 벽에는 못 하나가 박혀 있고 거기 내 외투 한 자락이 걸려 있습니다. 내 외투 한 자락에 덮여 하늘이 조금 더 팔락거립니다.

그 벽에는 못 하나가 박혀 있고 거기 내 외투 한 자락이 걸려 있습니다.

그 벽에는 못 하나가

아야아, 못 하나가

못 하나

■

　이 세상의 시간은 네가 설거지를 하는 시간과, 네가 비질을 하는 시간과, 네가 라면을 먹는 시간과, 네가 단추를 만지작거리는 시간과, 네가 신발끈을 매는 시간과, 네가 달빛을 바라보는 시간과, 네가 노동하는 시간과, 감자가 익어가는 시간과, 네가 복종하는 시간과 꿈꾸는 시간과,

　네가 현관문을 여는 시간과 신문을 집어 드는 시간의, 네 불화의 시간과 화해의 시간의, 네 우연에 업히는 시간과 필연에 접속하는 시간의, 네가 피자를 배달하는 시간과 세무회계 사무실의 책상에 앉아 있는 시간의, 네가 엘리베이터 혹은 에스컬레이터를 타는 시간과 스르르 자동문을 지나가는 시간의,

　네가 똑각똑각 편지를 쓰는 시간과 울며불며 일기를 쓰는 시간과 헐레벌떡 성명서를 쓰는 시간과 ─ 의, 혹은 네가 바느질을 하는 시간과 스마트폰을 들여다보는 시간과 이메일을 확인하는 시간과 ─ 의, 네 이별의 시간과 만남의 시간과 ─ 의, 네 출발의 시간과 도착의 시간과 ─ 의,

　아야아,

사랑하는 네 눈물을 껴안고 껴안는 시간과의 합

이 세상의 시간은

■

    그 음식점이 또 유혹한다, 시골보리밥집, 골목 끝 허름한 식당, 메뉴는 보리밥과 팥칼국수가 전부, 팥칼국수를 사 먹는다, 둘러보니 낡은 고동색 탁자가 두개 놓여 있고 갸름한 마루에는 때가 많이 탄 도홧빛 방석들이 포개져 있다, 낡은 선풍기가 먼지를 뒤집어쓰고 날기라도 할 듯이 천장에 매달려 있다, 그 옆 누우런 벽에는 기다란 구식 달력도 걸려 있다, 열무김치 쟁반을 들고 온 식당 아줌마는 한마디도 없다, 팥칼국수 한그릇을 다 비우고 일어서자 말없이 전기밥솥 옆에 웅크리고 있는 카드 기계를 꺼낸다,

    밖으로 나오니 빗방울이 제법 많이 떨어진다, 어둠 속에서 유난히 도드라져 보이는, 환한 편의점에서 우산을 산다,

    어깻죽지에 깃털이 날려 와 박혔다

시골보리밥집

빨래흐르는소리여물고

그림자익어가는소리흩날리는잡풀구석

어제를지워버린다

여긴항상미래

마당

■

　렌마스비 호수에 가고 싶네/거기엔 아마 곤(鯤)이 울고 있으리/그 소리를 들으러 한 팔십에 비행기를 타고 싶네/곤 소리에 얹혀 물레 소리도 들리지 않으리/별의 비단실 첨 보는 물고기를 꿰매고/아야아, 렌마스비 호수에 가고 싶네/꿈의 입구에 머리카락 부비고 싶네/비행기에서 내리면 곤이 마중 나오리/그는 지구의 정류장을 소개하리

아야아, 렌마스비 호수

■

내가 나를 초대한다
초대장에는 금박을 박고

　그동안 안녕하신지요?
　어제는 너무 오랜만에 당신을 만나 그만 놀라는
바람에 인사를 제대로 못했습니다
　오늘 저녁 파티에 오십시오
　편안한 집같이 되어
　편안한 옷을 입고
　오세요, 케이크 하나 들고 오세요
　내가 좋아하는 단어는 열망, 절규, 희망, 긍정, 추
억, 영원 또, 또, 또
　위의 것들 중 하나를 들고 오셔도 좋아요

나는 늘 제목을 부르짖지만
내가 누워 있는 곳은 겨우 명사와 동사 사이 또는 밑줄 사이
가끔 너무 목이 말라
물 좀 주세요,라고 소리치지만
나는 겨우 명사와 동사 사이 또는 밑줄 사이
그 좁은 틈에서 숨도 쉴 수 없고

고동도 칠 수 없으니
피 소리도 낼 수 없으니
명사와 동사 사이 또는 밑줄 사이는 너무 좁고 좁아

나는 동사와 명사 사이 또는 밑줄 사이의 절규
들리지도 않고
들을 수도 없는
비명

　　　아무리 무릎으로 기고 기어도 벌판, 너는 벌판
　　끝에 있다, 금난초 핀 벌판 끝

내가 나를 초대한다
초대장에는 금박을 박고

　　　오세요, 케이크 하나 들고 오세요
　　　열망 케이크, 절규 케이크, 희망 케이크, 긍정 케
　　이크, 추억−영원 케이크 또는, 또는, 또는

**　　　　　　　　　　내가 나에게 보낸 초대장**

■

꽃그림 지붕 아래
자갈길 흩날리는 곳
하늘빛 그
그곳으로 사라지고
연꽃잎 연분홍
그곳으로 사라지고

꽃그림 지붕 아래
자갈길 흩날리는 곳
모든 꿈꾸는 것들
그곳으로 사라지고

꽃그림 지붕 아래

■

거대한 돌 ―
사람
사랑닢 ―
사랑니
푸른 ― 화살
가슴에 품은 푸른
구름을 뚫고 나가는 푸른 ―
푸른 ― 꽃
화살닢
너의 ― 심장
명중
―
푸른 ― 화살
가슴

걸었네

영원회귀 ― 자

돌사람

■

어느 햇빛 눈부신 날, 즐거이 즐거이 한없이 가벼워져서, 무덤가 검은 덧창을 여는 한 사람을 생각한다, 덧창이 된 한 사람을 생각한다

어느 비 무겁게 양철 지붕을 두드리던 날, 즐거이 즐거이 한없이 가벼워져서, 하늘로 떠간다, 우르르 쾅쾅 우르르 쾅쾅 먹구름을 마신다, 먹구름이 된다

어느 깊은 꿈 하나 내 살을 펄럭거리던 날, 즐거이 즐거이 한없이 가벼워져서, 너를 황금 꽃병에 꽂는다, 살살이꽃인 너를, 숨살이꽃인 너를, 내 간절꽃인 너를

덧창
무덤마을에서

■

　그 소녀를 또 보았다, 실에 끌려가는 아이처럼, 부끄럽게
살살살살 비단 손수건이 대리석 바닥에 쏠리듯, 꽃무늬 자
수가 팔랑개비 날개에 수놓이듯 그렇게 조심스럽게, 밀랍
종 같은 젖을 달랑거리며 등뼈를 잔뜩 구부린 채, 그곳은 오
른손으로 가리고 운명처럼 간병인의 손에 끌려가고 있었다,
그 끌림에선 또 ─ 또 ─ 또 ─ 또 하는 소리가 들리는 것 같
았다, 물레 실이 풀리는 소리? 강간당하던 시간의 추억 같은
소리?

　그 소녀는 물레 같다
　실이 솔솔 풀리는 실패처럼 빨간 간병인의 손에 끌려온
다, 오늘은 피곤한 듯 골똘한 부끄러움, 부끄러움이 솔솔 달
아나는 부드러움, 들판 같은 고요, 고요를 꿰매는 자수바늘,
마치 뜰을 들여다보는 것처럼 막막히 벽에 끼인다, 비단길
또는 은하처럼

그 소녀

■

아마도 거기엔 하얀 댓돌이 있고, 아마도 지금쯤 머리카락이 하얀 나의 언니가 오도카니 앉아 있을, 앉아서 대문으로 들어올 어머니를 기다리고 있을, 기다리다가 머리카락 같은 동그란 모래 동산으로 주저앉았을, 또는 이팝꽃, 이팝꽃 스며든 땅이 되었을까,

빈 말발굽 소리, 황금빛 손을 활짝 펼치는 어느날

내 고향 홍원 풍산리 혹은 하얀 댓돌

너의 손목에 나비를 그리고 싶어,
바늘을 콕콕 찔러
심해를 그리고도 싶어,
심해의 정원, 심해의 산호초 꽃 핀 비탈
거기서 너와 은은히 거닐 순 없을까

용을 그리면 어떨까,
수평선과 지평선 어디로도 날 수 있는 용
어느날 그 용이 배가 되어 황금 돛을 올리고 우릴 실어 간
다면
우릴 실어 아무도 모르는 섬으로 데리고 간다면

네가 나비가 되어
나도 나비가 되어
노오란 배추밭을 훨훨 난다면

거기엔 아마 별자리 같은 싹들이 있겠지
우람한 팔뚝엔 봉황들도 있을 거야
아지랑이 핀 들판도 있고
몽롱한 해변도 있고

은난초 핀 오솔길도 있고
있고
있고

너와 걷고 싶은 날엔
문신을 할 거야
나비가 되려고 문신을 할 거야
용도 될 거야
봉황도 될 거야
지평선도 될 거야
될 거야
될 거야
＼
＼
＼

그리고 소녀는 노인이 되었다, 꿈을 꾸는

문신하는 소녀

■

　허름한 판자들 사이에서 모래 더미 사이에서 몽고 주전자 하나를 얻었어, 천년도 더 전에 찻주전자로 쓰던 것이라고, 뚱뚱한 중년의 몽고인 주인은 허풍을 떨었어, 곁면을 이틀 낮 이틀 밤 두드려 안갯물처럼 올록볼록하게 만든 낙엽빛 몽고 주전자, 장식 삼아 장미꽃 송이 몇을 꽂고 물을 주었다가 아니나 다를까 낡은 밑창이 너덜거리는 바람에 나의 가구 1호 마호가니 장식 탁자가 물을 뒤집어써버렸지, 그후부터 이름 모를 조화 몇송이를 가슴에 안고 점점 두꺼워지는 먼지나 동무하여 앉아 있게 된 몽고 주전자

　십년도 더 뒤 거기 커다란 코가 달린 것을 어느날 나는 발견하였지, 아마도 오랜 여행길 유목길에 헉헉 숨을 몰아쉬던 코였을 거야, 아마도 그 코의 주인은 말에서 떨어졌거나 화살받이가 되었거나 낙타 궁둥이에 매달렸거나, 그래서 눈빛이 날카로워진 사막의 별과 허덕허덕 말을 주고받던 중이었는지도 몰라, 삶이 죽음이 되던, 또는 죽음이 삶이 되던 순간의 코

　그런 심연이 그 속에 오아시스처럼 숨어 있었다니

코가 내게로 와서 등에 떠억하니 붙는다, 나는 숨에 매달린다, 기를 쓰고 매달린다,

몽고 주전자의 천년도 더 된 숨에서 방울방울 안갯물이 떨어진다,

꿈덩이가 내 등의 절벽 밑으로 떨어지는 소리가 들린다, 아마도 그날 거친 숨 몰아쉬던 모래처럼 독수리처럼 쿵 하고, 쿵쿵 하고, 쿵쿵쿵쿵

코

■

그 지붕들은 그냥 둥근 게 아녜요
양철판들이 비스듬히 누워 서로 가슴을 대고 있고
간혹 배를 붙이고 엎어져 쓰러진 양철판도 있지요
거기에 황금 햇빛이 앉을 때를 기억하세요
다섯마리 얼룩 점박이 고양이가 서로 가슴을 묻고 껴안고
꿈꾸고 있어요

오구두르이* 오, 오구두르이

거기 가면
우리는 돛들처럼 서걱여요
그 흐린 언덕에
구멍 숭숭 뚫린 배롱나무 분홍 꽃잎 사이에
당신은 거기 못으로 박히고
우리는 그 못에 걸린 옷자락처럼 서걱여요

오구두르이 오, 오구두르이

거미줄이 흔들려요
좁은 창으로는 벚꽃 세그루 철없이 내다보이고

벚꽃 세그루

* 황천무가에 나오는 말로 '고향'을 뜻한다.

그리운 것은 멀리 있네
발자국에서 길을 캐는 이, 아무도 없네, 시를 쓰네

그리운 것은 멀리 있네
눈물 자국에서 눈물을 캐는 이, 아무도 없네, 시를 쓰네

빠른 황혼과 비스듬한 새벽
그토록 많은 입구들, 그토록 많은 출구들 입술을 비―비네
시간의 비단 입술에 입술을 비―비네

세상의 모든 무덤들이 달려가네
잡풀들이 뒤따라 소리치며 달려가네

그리운 것은 멀리 있네
잠에서 꿈을 캐는 이, 별을 읽는 이
시를 쓰네, 엎드려 시를 쓰네

그리운 것은

제 2 부

여름 편

―――――――

운조의 현(絃)

■
첫째 노래

> 더위를 주랴 추위를 주랴/희망을 주랴 영원을 주랴/미
> 래를 주랴 과거를 주랴/무쇠비단 큰 이불 굽이굽이 주
> 사이다/무쇠비단 큰 베개 걸음걸음 주사이다/한걸음
> 가슴에 꽂고/두걸음 허리에 꽂으리이다

당신을 기억해
당신은 그림을 잘 그렸지
늘 덧칠을 하곤 했어
좁디좁은 집에 그 큰 이젤을 가져다 놓고
비스듬히 눈길을 꼬고(그 오만함이라니!)
그림연필로 내 얼굴을 재어보던 당신
시간이 지날수록 덧칠을 한 그림은 엉망이 되곤 했지
빨리빨리
어서어서

아, 기다림이란 얼마나 도도한 것인가

감동 속으로 들어가던 이부자리를 기억해
우리가 사랑하면 이젤이 멍하니 우리를 들여다보곤 했지

덧칠로 형편없이 되어버린 자기를 만지며
캔버스를 받쳐 든 자기의 누추한 팔을 만지며
그 캔버스가 쓰레기통 속으로 추락하던 소리를 기억해
흐느끼며 비 내리는 밖으로 나가던 이젤을 기억해
이젤을 따라 나가던 당신을 기억해

　　　　당신을 기억해
오후의 그림자에 비스듬히 몸을 기울이고 있는 필립스 다
리미의 찬란한 돛 뒤에서
　떠다니는 스마트폰 갤럭시노트4의 거룩한 등 뒤에서
　86층 펀드 회사의 유리창에 몸을 기대고 있는, 또는 고층
빌딩 거대한 허벅지 사이로 비집고 들어서서 한숨을 홀짝이
고 있는 후줄근한 남방셔츠여
　우리는 모두 거인국의 한 소인국 사람들

　　　　　　　더위를 주랴 추위를 주랴/희망을 주랴 영원을 주랴/미
래를 주랴 과거를 주랴/무쇠비단 큰 이불 굽이굽이 주
사이다/무쇠비단 큰 베개 걸음걸음 주사이다/한걸음
가슴에 곳고/두걸음 허리에 곳으리이다/한걸음 백회
에 간구하고/두걸음 용천에 간구하리이다

당신을 기억해
당신이 들고 나간 은봉투를 기억해
당신의 허벅지에 오래 부대껴 입술은 오톨도톨 해져 있
었고
긴 길을 외투처럼 휘감은 창틀들
사르륵사르륵 빗방울들의 잔기침 소리

아, 기다림 또는 그리움이란 얼마나 도도한 것인가

운조여, 너무 멀리 꿈꾸는 사람을 용서하시길
우리가 우리를 용서하듯이 용서하시길
지구를 달구는 모든 육욕들을, 육욕들의 비탄을 용서하
시길
죽음은 우연의 봉인 또는 희망의 봉인
모든 우연들의 섹스를 용서하시길

더위를 주랴 추위를 주랴/희망을 주랴 영원을 주랴/미
래를 주랴 과거를 주랴/무쇠비단 큰 이불 굽이굽이 주
사이다/무쇠비단 큰 베개 걸음걸음 주사이다/한걸음

가슴에 꽂고 / 두걸음 허리에 꽂으리이다

운조를 찾아서

둘째 노래

주사이다/주사이다/살과 뼈 주사이다/꽃으로 주사이다

어느날 문득 출항을 하리라, 네가 아마 배웅을 하고,
나의 머리카락은 미풍에 펄럭이겠지, 뱃머리에는 오리온
깃발도 펄럭이겠지, 깃발이 내 어깨를 포근히 안아주기도
하겠지, 너는 아마 데크 저 멀리서 불가능하게 멀어진 나를
안타까이 바라보리라, 나는 모자를 벗어 너에게 던지겠지

아주아주 작은 창이 날아다녔어요─ 거기선 가─
끔 또옥또옥 소리가 났지요─ 누가 손톱으로 긁는
소리였네,

아아, 문득 출항을 하리라, 배의 눈 두개, 용접공이 무쇠틀
을 들고 작업하는 내 눈, 오리온이 되는 내 눈, 천리안 내 눈
으로 수평선을 보고 싶다. (오리온, 천리안, 오로라)

거기 너를 앉히고 싶다, 그런 다음 파도 의자에 앉아 너를
그리고 싶다

아주아주 작은 창이 날아다녔네, 거기선 가끔 또 옥-또옥 소리가 났지요- 누가 손톱으로 긁는 소리였네,

아마 거품이 캔버스로 떨어지겠지, 너도 나도 거품이겠지, 세상에서 가장 아름다운 거품 너, 바람처럼 곁 없는 너, 그러면 우린 안을 것이다, 덩실덩실, 목숨 걸고, 무한천공

주사이다/주사이다/살과 뼈 주사이다/꽃으로 주사이다

*

누구이랴

우리를 이끄는 우리, 우리 흐르는 자들의
꽃꿈

아주아주 작은 창

셋째 노래

여기는 지평선의 끝/저녁이면 등불들 하나씩 켜지는
곳/기도처럼 고개 숙이고 있는 곳

지하로 내려가는 그 계단은 늘 어두웠다, 유리문을 밀고
들어서니, 빨래 흐르는 소리 펄럭펄럭 들려오고, 컹컹대는
금이 갈색 꼬리에 비단결 같은 황혼빛 리본을 맨 채 계단 위
를 향해 짖어댄다

천천히 꽃그림 그려진 커튼 안쪽으로 들어서니 수북한 머
리카락들, 허리를 구부리고 쓸고 있는 옥이씨, 쉰이 되도록
시집 못 간 옥이씨, 늘 구부러진 길처럼 머리카락들을 구부
리고 구부리는 뚱뚱한 옥이씨, 바닥을 쓸다 말고 앞주머니
에서 스마트폰을 꺼내 들여다본다, 부끄럽게 인사한다, 언
제 봐도 웃지 않으면서 웃는 옥이씨, 땅이 꺼지게 한숨을 쉬
며 오지 않는 전화를 만지작거리는 옥이씨, 언제나 언제나
만지작거리는 옥이씨, 한구석에서 세탁기는 꿈 없는 잠처럼
깊이깊이 돌아가고, 머리카락도 눈부신 여배우의 사진 옆
황금빛 거울 속으론 커다란 호박 그림자 여무는 소리

이제 다시 올라요, (바리) 당신은 거기 소철나무 앞에 물초롱을 들고 서 있군요, (바리 바리) 문밖으로 올라요, 힘껏 문을 열어요, (바리 바리 바리) 아, 어머니 어머니

여기는 지평선의 끝 / 저녁이면 등불들 하나씩 켜지는 곳 / 기도처럼 고개 숙이고 있는 곳

(당신을 사랑하였네, 일출처럼 일몰처럼 사랑하였네)

지하로 내려가는 그 계단은 늘 어두웠다, 수북한 머리카락들 길처럼 구불거리는, 황포 돛 높이높이 출렁이는 포구 같은 연꽃 미용실

여기는 지평선의 끝 / 저녁이면 등불들 하나씩 켜지는 곳 / 기도처럼 고개 숙이고 있는 곳

연꽃 미용실

■

넷째 노래

*어찌 찾으리이까 어찌 찾으리이까/뼈마디도 시려워서
살마디도 시려워서*

거기 흑자줏빛 커튼이 날리지
거기 열두계단이 엉거주춤 서 있어
거기 채송화 곁엔 분꽃, 분꽃 곁엔 흑자줏빛 맨드라미

거기 둥근 지붕이 가슴을 열고 있지
거기 그리운 동네가 기침하고 있어, 거기 어젯밤엔 잿빛
덧문이 긴 편지를 쓰고 있었어
거기 덩굴잎이 손 흔들고 있고

흑자줏빛 커튼과 분꽃 곁 맨드라미 사이, 채송
화와 둥근 지붕 사이, 영원과 흑자줏빛 커튼 사
이…… 너는 거기 안겨 비단 포대기의 비명 지르고

거기 밀화부리가 노래하고 있는 곳
거기 하오의 툇마루가 길게 누워 있는 곳
거기 영원의 전화벨이 영롱히 울리고 있는 곳

거기 밀화부리와 툇마루 사이, 밀오리나무와 청
계산, 맞은편에는 청계천 그늘도 아름다워, 전화
와 편지 사이, 덧문과 툇마루 사이…… 거기 소복
이 바구니에 담긴 너, 계란처럼 애쓰는 너, 비단 포
대기의 비명 속 알을 깨고 깨는

어찌 찾으리이까 어찌 찾으리이까/뼈마디도 시려워서
살마디도 시려워서

거기

■

다섯째 노래

시간을 주랴/추억을 주랴/주사이다 추억을/주사이다

지금을

나는 황금 궁전에서 살았지요
여기는 황금 궁전보다 더 아름다운
분홍 복숭아가 사는 곳
분홍 복숭아들이 꿈을 꾸는 성소

　　　당신이 늘 어디서 오는 길이냐고 묻는 곳
　　　아니, 내가 늘 당신에게 어디서 오는 길이
　냐고 묻는 곳

　　　그리고

　　　내가 앞장서고 당신이 나를 따라오는 곳
　　　아니, 당신이 앞장서고 내가 당신을 따라
　가는 곳

실눈 뜬 벼락, 실눈 뜬 번개의 뼈 바삐 바삐 흔들리는데

48

기쁨과 감사의 성소

황홀과 불멸의 성소

은총과 행복의 성소

나무와 풀과

미래와 과거와 추억과 시간의 성소

분홍 복숭아의 둥근 뺨들이 태양을 바라
보며 눈을 뜨는 곳

은빛 거미가 꿈의 카펫을 짜는 곳

내가 바구니 가득 분홍 복숭아 따―오면
따―오면

나는 황금 궁전에서 살았지요

당신과 당신의 자손들과

그 자손과 자손의 자손들과

함께 함께 살았지요

나무에 업혀 푸르푸르푸르 날기도 했어요

내일의 북소리 둥둥, 분홍 복숭아 휘도는 소리 들으면서

내일의 북소리 둥둥둥, 오솔길 껴안는 소리 들으면서
내일의 북소리 둥둥둥둥, 구름 꽃신 껴안는 소리 들으면서

시간을 주랴/추억을 주랴/주사이다 추억을/주사이다
지금을

복숭아밭에서 노는 가족*

* 이중섭의 그림 제목.

여섯째 노래

삼십삼천, 물값 길값 사랑 기도 가득 실으셨네/뼈마디도
시려워라 살마디도 시려워라

이런 꿈을 꾸었죠,
지금, 지금, 지금이 여기로 오는 꿈
심장을 두드리는 은수저 소리도 아득히
뼈마디 살마디 이불 터는 소리도 아득히
물값 길값 사랑 기도 가득 싣고,
임이 여기로 오시는 꿈
여기가 부활의 동굴 되는 꿈

풍경 하나 걸어들어온다

에피소드 1:
그 여자는 너무 진하게 염색했다
그러나 그것은 그녀의 미덕
그 여자의 다 닳은
명품스러운 핸드백
그것은 그녀의 미덕

51

그 여자는 늘 나에게 금방 낳은 따뜻한 계란을 주었다
그 여자는 늘 나에게 한창인 붉은 보리수 열매를 주었다
그 여자는 무성하게 뜰을 덮은 머구잎을 주었다
머구잎을 들추니 개미들이 가득 우글거리고 있었다
그것들은 이리 뛰고 저리 뛰고 이리로 몰리고 저리로 몰리고
은반지처럼 헤매고 있었다

　　　풍경 하나 걸어들어온다

　　　에피소드 2:
그는 안주머니에서 조심히 카드지갑을 꺼냈다

천원짜리 석장과 만원짜리 한장이 곱게 접혀 있는 검은 카드
지갑
종소리 울리며 타일 바닥에 떨어지는 동전 일곱개
무릎에 박은 철근 뼈도 아득히
심장에 박은 스테인리스 혈관도 아득히

지금, 지금, 지금아
여기로 오라,

너에게 지금이 없다면
네가 지금, 지금을 만지지 않는다면
네가 지금, 지금, 지금이 아니라면

　　　풍경 하나 걸어들어온다

　　　에피소드 3:
그 여자는 아마 죽는 날까지 화장실 문을 고치지 않을 거야
늘 페트병에 뜨거운 물을 넣어 춥지요오— 나의 가슴에 안
겨주던 여자
　수천의 고무장갑을 꽃처럼 목에 걸며
　표백제에 가슴 적시며

　　　'일어나, 일어나, 누구나 실패할 수 있어'

　쉬임 없이 유행가를 부르던 그 여자
　이제는 자유자재로 뚱뚱해진 허리를 흔들며 전문가 같은
솜씨로 벽을 칠하는, 어떤 때는 분홍색으로, 어떤 때는 구름
색으로, 폭풍색으로, 쓰나미색으로 칠하는 여자
　오늘은 백팔계단에 처억 치마 끝을 걸치고 앉아 시간을 저

울질한다

         이런 꿈을 꾸었죠,
   지금, 지금, 지금이 여기로 오는 꿈
   여기가 부활의 동굴 되는 꿈

   너에게 지금이 없다면
   네가 지금, 지금을 만지지 않는다면
   네가 지금, 지금이 아니라면

         풍경 하나 걸어들어온다

      에피소드 4:
   그는 빨간 대머리를 흔들며 말한다
   '참 괜찮게 물들었죠? 나도 어떻게 그렇게 되었는지 모르
   겠다니까'

   그의 낡은 갈색 구두가 후덥지근한 바람을 안고 반짝인
   다, 구두에서 갈색의 인생 잎들이 떨어진다

'한번 만난 사람들은 결코 잊지 않아요, 영원히 기억해요,
지층처럼'

움칠움칠 명함을 내민다

　　　　기타 에피소드
　　　　기타 에피소드
　　　　(우리는 모두 에피소드)

　　　이런 꿈을 꾸었죠,
　살덩이와 푸른 채소의 엉덩이들이 우연의 소스에 안겨 한
덩어리로 춤추고 있는 햄버거의 꿈이라든가
　무수한 길 쑤셔 넣고 걸어가는 신발 등에서 흘러내리는
땀들의 꿈이라든가
　당신이 에피소드에 쓰다듬어지며 에피소드가 되며 비단
스카프 펄럭이는 꿈, 신(神)의 기계 또는 비애와 매혹의

　　　삼십삼천, 물값 길값 사랑 기도 가득 실으셨네/뼈마디도
　　시려워라 살마디도 시려워라

　　　　　　　　　　　　　　　　　명순양의 결혼식

55

■
일곱째 노래

어느날 그는 수평선에서 전화를 했다. 멈칫멈칫 말했다. 그 모래섬을 보내주세요, 제가 보낸 우표들을 반송 봉투에 붙여주세요, 일생 동안 모은 것이랍니다, 섬 위에서 날고 있는 괭이갈매기도, 알바트로스도, 수평선 입구에서 빨래하는 이도,

(아야아, 아야아, 아야아)

우표

여덟째 노래

　　　　　　팔월에 너는 돌아온다
　　　　　　　　바람을 밟고
　　　　　　　　　　바람이 되며
　　　　　　돌아온다 돌아온다
　　　　　　　　　　일만년을 돌아온다

　　　　　　너는 외친다

나, 이제 집으로 돌아가리
창에는 꽃그림 레이스 커튼을 달고
벽에는 연푸른 비단 벽지를 바르리

푸른 달력을 다시 걸리
황혼이 비스듬히 웃는 것도
저물녘이면 산 것들의 그림자를 거두어들이는 것도
어머니가 삐걱이는 대문을 버선발로 달려나가는 것을 다
시 보리

　그 문간방의 아주아주 작은 창이며

접시꽃의 긴 눈꺼풀도
마당에 가득하던 풀들의 목덜미도
장미의 분 냄새 휘도는 가시 손톱도

이제 돌아가리
떠나온 집으로
떠나온 미래로

그 둥근 느티나무 깊은 잎 출렁출렁이던
흰 언덕
하늘을 들고 오르던 새들의 지저귐

나, 이제 돌아가리
능소화 황금빛 꽃잎 계단으로

팔월에 너는 돌아온다
바람을 밟고
바람이 되며
돌아온다 돌아온다
일만년을 돌아온다

멈춰라, 꽃이여 거기

　　　　솟구치는 팔월 푸른 모래 위에
거기 비단 바람 위에

아아, 팔월에 너는 돌아온다
돌아온다, 돌아온다
십만년을 돌아온다

팔월에 너는
해원상생굿시를 위하여

아홉째 노래

물값 길값 불값 주렁주렁 다시고/이 주머니 저 주머니
주렁주렁주렁 흔드시니

그대가 틈을 이해한다면
현관의 틈이라든가
기도의 틈이라든가
미래의 틈이라든가
추락의 틈이라든가

한밤에 흐르는 나뭇가지, 틈 속에서 익어감을 이해한다면
저 깃발도 어둠의 틈을 신고서 펄럭임을 이해한다면
저 그림자도 그림자의 틈을 신고서 떠나감을 이해한다면
저 오솔길도 틈 지면서 그대를 신고 감을 이해한다면

모든 첫사랑의 틈이 무릎걸음으로 부끄럽고 부끄럽게 나
아감을 이해한다면
별의 틈이 가장 높은 가지 끝에 부끄럽고 부끄럽게 앉는
것을 이해한다면
모든 장례식이 영원의 틈을 부끄럽고 부끄럽게 안는 것을

이해한다면

　　　　아아, 그대가 저 강물 틈을 열고 들어오는 것을
　　　이해한다면

그대가 모르는 그대의 미래,
(이메일처럼 떠도는 전쟁들
쉴 곳 없는 평화들)

꿈꾸고 다시 꿈꾸라

　　　　물값 길값 불값 주렁주렁 다시고/이 주머니 저 주머니
　　　주렁주렁주렁 흔드시니

틈

■
열째 노래

우리 바람 속에서 식사를 해요. 식탁은 힘찬 물레 위에 차리고 식탁보는 청석빛 비로드예요. 젖꼭지들이 실개천처럼 흙 사이사이로 흐르고, 아, 젖과 꿀이 흐르는 땅, 돌들이 등잔 가에 둘러앉은 밤이라든가 새벽의,

        오늘도 도시를 쏘다닌다. 순간들이 고여 있는 기둥들을 지나간다.

        그 남자는 아스팔트 위에 반듯이 누워 있었다. 피로 범벅이 된 회색 윗도리가 먹구름처럼 덮여 있었다.
        삐져나온 발은 땅의 중심을 가리키려는 듯 허공을 향하여 곧추서 있고, 그 곁으로 바람들이 바삐 바삐 지나갔다.

우리 바람 속에서 식사를 해요. 밥은 따뜻해요. 보드라운 어머니는 떠오르는 김을 스카프처럼 가슴에 두르셨어요. 청석빛 비로드 식탁보는 연꽃처럼 바람을 안아들었고 비단실 나비는 바람 높이 날아올랐어요. 아, 부푸는 돌들의 몸, 흐르

는 대지, 연꽃 가에 둘러앉은 밤이라든가 새벽의,

　　　　　오늘도 도시를 쏘다닌다. 순간들이 영원처럼
　　　고여 있는 지붕들을 지나간다.

　　　　　그 남자는 아스팔트 위에 반듯이 누워 있었다.
　　　피로 범벅이 된 회색 윗도리가 먹구름처럼 덮여
　　　있었다.
　　　　　삐져나온 발은 영원을 가리키려는 듯 허공의,
　　　　　순간의 몸을 향하여 곧추서 있고, 그 곁으로 바
　　　람들이 바삐 바삐 지나갔다.

　밤과 몸을 섞고 있는 연못들, 가득 연꽃들이 피어오른 둥
근 계단, 어서 올라가요, 달빛 호박 반지를 대지의 손가락에
끼우고 연꽃 같은 바람으로 어깨를 둘러싸면서, 오늘도 식
사를 해요. 아, 젖과 꿀이 흐르는 땅, 돌들이 등잔 가에 둘러
앉은 밤이라든가 새벽의,

　안개 속으로 돌들이 날게 해요. 밝고 빛나는 오렌지빛 해
떠오르는 돌들은. 그대가 죽은 날 그대의 영원은 시작되었

으니, 그대는 순간의 애린(愛隣)이니,

바람 속에서의 식사

열한째 노래

누가 날 찾는가 / 날 찾이리 없건마는

거기 가면 잎사귀들이 스르르 열리곤 하지, 꽃잎들은 잔뜩 귀를 달고 있다가, 저녁이면 켜지는 등불들처럼 연못 가득 별을 켜기 시작하지

그대 들판에 등불을 내걸 거야
거기 내 목숨을 아라홍련 입술처럼 휘날릴 거야
후큰후큰 달아
연분홍 그대를 껴안을 거야

등불들이 온 혼령들에 켜지면, 연못도 봉긋이 귀를 기울여, 헤매는 바람의 옷섶도 열려

게 누구냐, 꽃잎에서 꽃잎으로 사라지는 이
등불 끝에서 등불 끝으로 사라지는 이

아, 팔월에 가봐, 반짇고리를 나온 여인의 옷고름 자락도 색실처럼 휘날리고, 연분홍 툇마루 곁 남정네 푸른 수염 자

락도 휘날리는 저물녘의 연못

누가 날 찾는가 / 날 찾이리 없건마는

*

개구리 우는 진흙길 진흙길로 가네, 가다가 저물녘 위에 앉네, 그대가 진흙길이 되네, 저물녘 밑 진흙길 아라홍련 눈 꺼풀로 스미네, 흩날리네

누가 날 찾는가 / 날 찾이리 없건마는

아라홍련, 저물녘의 연못

열두째 노래

게 누가 날 찾는가/날 찾이리 없건마는

지금 기억하건대

라일락 핀 궁전 앞 동네, 배 잔뜩 부른 황톳빛 항아리 화분 일곱개 놓여 있고, 그 옆엔 라일락이 향기로운 또는 삐걱거리는, 그림자도 참 눈부시데, 덕지덕지 기운 시멘트 담벼락에 채송화, 과꽃, 천사의 나팔 그림자도

지금 기억하건대

라일락 향기 진흙길에 나뒹구는 선풍기 위로 날아가고 있었지, 향기로운 러닝셔츠, 새빨간 면 팬티 삐걱거리는 빨랫줄들, 천국으로 오르는 계단 같은 청색 계단, 아마 너는 그 계단으로 매일 아침 내려오고 저녁이면 올라갔을 것이다, 가끔 황혼도 보았을 것이다, 지치고 지친, 도시의 먼지 다 묻히고 온 구두 바닥 또는 은잿빛 운동화…… (자유리 평화읍 자비군 은총동, 너의 길 번호는 419419)

지금 기억하건대

라일락 핀 궁전 앞 동네, 시멘트 담 옆엔 우편함이 있고, 카드 대출, 전기요금 고지서, 고개 처박고 출렁출렁, 알록달록 둥근 글씨도 아름다운 초롱언니네 미장원, 24시 열쇠 출장 수리, 수선합니다…… 전봇대 긴 허리 앓고 있는데, 연꽃네 할머니 누우런 유리문을 열고 밖을 내다보고 있데

라일락 핀 궁전 앞 동네, 라일락 꽃잎 사이로 바람은 가벼이 발끝으로 불고

지금 기억하건대, 기억하건대

할머니 무릎 위에는 너의 연꽃이, 미끄러지는 오후 위로 눈시울 간절히 던지고 있는 분홍빛 너의 연꽃이 (자유리 평화읍 자비군 은총동, 너의 길 번호는 419419)

지금 기억하건대, 라일락 꽃잎 사이 궁전 앞 동네, 거대히 거대히 기억하건대

거기 매화를 심으리라, 아니 산수유를, 아니 목련을, 아니 벚꽃을, 아니 진달래를, 아니 철쭉을, 아니 영산홍을, 아니 모란을, 아니 천사의 나팔꽃을, 아니 흑자줏빛 뺨 맨드라미를, 아니 이팝꽃을, 아니 능소화를, 아니 백일홍을, 아니 소나무를, 아니 떡갈나무를, 은행나무를…… 그리고 그리고 희망을

거기 지평선의 끝, 저녁이면 등불들 하나씩 켜지는 곳, 너의 잠이 꿈을 맞는 곳,

너의 들판에 등불을 켜리, 지평선 가져다 등불을 장식하리, 발돋움하며 발돋움하며,

지상에서 가장 높은 솟대에 등불을 내걸리 (자유리 평화읍 자비군 은총동, 너의 길 번호는 419419)

게 누가 날 찾는가/날 찾이리 없건마는

라일락 핀 동네

■
열셋째 노래

그가 문득 뒤돌아본다
검은 돌이 날아다닌다

게 누가 날 찾는가/천리 아비인가/만리 어미인가

그는 매일 아침 새들이 일어나는 시간을 기다렸을 것이다
그는 꽃사슴들이 아침에 일 나가는 시간을 기다렸을 것이다
그는 매일 한낮 고래가 바다를 껴안으러 나오는 것을 기다렸을 것이다
고래가 파도를 뿜어 올리는 순간 작살을 던졌을 것이다
작살은 그의 파도길이었을까, 별막대였을까

그는 아비였을까
어미였을까
아비와 어미가 만나는 온도였을까

그가 해거름에 작살을 치켜들고 달려오는 밤을 향해 던지는 장면을, 생각한다,

그가 잡으려는 고래 등에 별이 앉는 장면을, 생각한다
그의 가슴이 별처럼 통통거리는 장면을, 생각한다
그의 잠이 깊고 깊은 바위 속 심해를 여는 장면을, 생각한
다 생각한다

게 누가 날 찾는가/만리 어미인가/천리 아비인가

그가 문득 뒤돌아본다
검은 돌이 날아다닌다

그가 문득 뒤돌아본다
반구대에서

제 3 부

_____

가을 편

_____

시월, 궁남지에 가면 보아라
시드는 것들의 위대함을
지는 것들의 황홀함을

푸르르푸르르 어디서 등불 날리는 소리 들어라

들어라
순간은 찬란하다

시월, 궁남지에 가면 보아라
아야아

구불길로 가는 한 사람 저물녘에 엎드린다

시월, 궁남지

74

■

나 늙고 늙었다
흰 머리칼 시간의 장대에 매달려 깃발처럼 펄럭인다
쭈글거리는 살은 어둠의 장식 같은 것
혀는 꿈꾸고 꿈꾼다
돌의 날개밭을
지층들이 부활의 동굴로 걸어들어가는 것을
어느 밤엔가는 천둥소리 흩날리며
번개의 은빛 장대 휘두르리

나 늙고 늙었으나
네가 껴입은 내 눈썹 도도히 흐르는,
부활의 동굴에서 그가 일어서는 것처럼
그렇게 일어서리
장대하게 장대하게 펄럭이리

청계폭포

■

늘 어둠 속에 있는 미포식당

갈매기들이 앞에 모여 노는 미포식당

비 주룩주룩 오는 미포식당

굽은 창문이 굳게 입을 다물고 있는 미포식당

바닷바람이 소리소리 지르며 끊임없이 들락거리는 미포
식당

맨살에 맨발 미포식당

구겨진 어깨들, 구겨진 팔들, 구겨진 이마들, 구겨진 눈썹
들, 구겨진 발목들, 우리 구겨진 벽 속에서 익는, 벽 안쪽, 폭
풍 타는 소리로 익는 우리들의 미포식당

여기 와봐

곤(鯤) 날개로 우리 오늘 펄럭이자

기도하고 선 돛대 곁에서 우리 오늘

비단 그물 남명(南冥)에 던지자

우리들의 미포식당

■

셔츠와 셔츠 사이에 어둠은 흐르고

스커트와 스커트 사이에 어둠은 흐르고

검은 마네킹과 마네킹 사이에 어둠은 흐르고

검은 핸드백과 흰 핸드백 사이에 어둠은 흐르고

반바지와 반바지 사이에 어둠은 흐르고

손수건과 손수건 사이에 어둠은 흐르고

열린 덧창과 덧창 사이에 어둠은 흐르고

오렌지빛 불빛과 초록빛 불빛 사이에 어둠은 흐르고

황무지 황무지에 어둠은 흐르고

사이에

■

내 몸을 받드느라
정말 힘들겠소, 내 발목이여

내 정글 같은 마음 편히 모시느라
내 허리여, 심장이여 얼마나 힘들었소?
내 신장이여, 내장들이여, 배여, 눈썹이여, 눈꺼풀이여
내 생각을 받드느라 높이 솟은 이마여
내 옷, 내 가방, 무지갯빛 희망을 걸머멘 단단한 내 어깨여,
끈질긴 내 손목이여, 힘줄이여,
힘줄도 새파란 내 팔이여
내 못생긴 발톱이여, 손톱이여
생각 걸개여

하루도 편히 쉴 날 없이
숨을 거둬들이고 내뱉는,
하루 종일 편히 쉴 날 없이
피를 뿜어내느라 정신없는 내 심장이여, 허파여, 비정규직
내 쓸개여
언제 없어질까 몰라 늘 발발 떨고 있는 내 쓸개여
아, 종신의 인공무릎이여

달아나기만 달아나기만 하는 잠이여

　달아나기만 달아나기만 하는 꿈이여, 꿈의 날개여, 꿈 같
은 당신들이여

　신처럼 나를 받들고 있는 상처들이여

발목, 기타기타아

■

게 누가 날 찾는가/날 찾이리 없건마는/어느 누가 날
찾는가

푸르스름한 치마를 입은 저녁이었다지, 네가 벽 속으로
추락한 것은
  벽 속에는 검은 사내들
  칼춤 추며 옷고름 자르는
  검은 바람들의 혀

너는 검은 바람의 문을 마구 밀었다지, 열리지 않는 그 문을
검은 비는 주루룩주루룩 날리고

저만치 켜진 불빛들
숨죽여 소곤거리는 혈관들
너의 증조할머니, 너의 외삼촌, 너의 큰언니, 너의 막냇동생
검은 비는 주루룩주루룩 날리고

푸르스름한 치마 죽음의 휘장처럼 펄럭이는 침묵의 기도

아, 절망의 아름다움이여

애린의 비애여

푸르스름한 거대 기도, 맨살의 우리네 지붕에 펄럭이고

　　　피들은 깊어 깊어
　　　결코 멈추지 않아
　　　너의 뱃속을 흘러 흘러

지구처럼 펄럭이고 펄럭이고

　　　게 누가 날 찾는가 / 날 찾이리 없건마는 / 어느 누가 날
　　찾는가

푸르스름한 치마
나눔의 집에서

■

　초록 머리카락의 아이가 지하철에서 물고기를 가지고
노네
　이어폰을 꽂고 천국의 물고기 비늘 떨어지는 소리를 듣고
있네

초록 머리카락의 아이

■

언제나 신발이 그득 앉아 있다가 내가 들어서면 놀란 듯
일어서는 만도리 국숫집

한자로 '萬道裏'라고 자랑스럽게 휘갈긴 현판 같은 간판
을 들고 있는 입구 볕 잘 드는 유리문 앞 한켠엔 꽃무늬 자수
비단 방석을 깐 팔걸이 의자가 하나 길 밖을 바라보며 놓여
있고, 또 한켠엔 양념 독들이 가득 먼 눈 껌벅이고 서 있는
그곳

아마도 골프 대회에서 탄 것인 듯 홀인원 상장이 벽에 기
대앉은 그 집, 사장 이름은 김만도

오렌지빛 황토 벽에는 구름을 들고 있는 소년이라든가 날
아가는 새 따위 비단 자수의 꽃무늬와 무지개, 그런 것의 그
림들이 새겨져 앉아 있다

소나무로 칸을 친 구역마다 이름이 붙어 있다. 5통 5반,
3통 3반, 1통 1반 등등등등

화장실은 통시라는 순우리말로 새겨져 있고, 효자가(孝子
歌)가 변기 앞에 굵은 먹글씨로 쓰여 있으며 오렌지색 원목
대들보가 버티고 있는 부르튼 소나무 상 밑

모든 음식이 조개로만 되어 있는 조개 칼국수, 조개 정식,
조개 눈〔眼〕전골, 조개 심장구이, 조개 신장탕……
　마치 지금 마악 배를 타려는 늙은 선원처럼 허공을 향해
손짓을 하며
　마치 어서 오세요, 어서 잡수세요,라는 듯 목청도 높이 수
다를 떠는

　아, 만도리,
　만개의 길 안,
　우리는 거기 서서 가슴 저리며 만나고 있는 걸까―
　국수 가락 철철 흘리며 다음 골목을 향하여 희어지는 머
리카락, 흔드는 걸까――

　오래된 길 안에 서서
　심장으로 된 상 앞에 앉아
　신장쟁반으로 칼국수를 먹는 우리

　볕도 잘 드는 만도리
　만개의 길 안
　늘어앉아 있는 신발을 찾아 신으며

우리는 떠난다,

카드의 서명을 하며, 이쑤시개로 이빨을 쑤시며

오래된, 낯선 길

언제나 처음 가는

만개의 길 밖

두근두근 첫사랑의 길

만도리(萬道裏) 국숫집 또는 낯선 길에서

잡풀을 **뽑**는다, 자본주의를 생각한다
잡풀을 **뽑**으며 의자를 생각하고 날개를 생각한다
우리가 가 닿을 모자를, 바다를 생각한다

엉킨 그것들
뽑아도 **뽑**아도 빼꼼히 실눈 뜨고 나를 바라보는 그것들
타인의 영혼에 자기를 심은 것들

여기선 영혼도 그물이다
살찐, 그물이다

내 눈의 모서리에서
중심은 아니고 문턱에서, 문틀쯤에서
길로 길을 닦으며
문턱으로 문틀을 밟아대며

잡풀을 **뽑**는다, 민주주의를 생각한다
안 **뽑**히려는 그것들을 삽으로 흙에서 끌어내며
사투를 벌이는 그것들을 호미로 찍어내며

어느새 황혼, 피들이 낭자한 꽃밭을 삽을 던지고 호미를 던지고 떠난다

잡풀을 뽑는다

■

1

지누시무용연구소에 나는 한번도 가보지 않았다, 그러나 나는 안다, 거기 계단은 삐걱거릴 것이며 창문은 어두우리라, 어둠이 걸터앉거나 황혼이 걸터앉으리라, 어둠이 걸터앉는 순간의 창틀을 나는 안다, 발레를 배우는 어린 소녀들이 아마도 거리를 향해 뺨이 빨갛게 되어 고딕체 페인트 글씨들이 널브러져 있는 창문에서 김처럼 쏟아지리라

세 발레리나가 허공을 들고 춤추는 유치한 포스터, 하늘 밑에 있기에 하늘을 들고 있는 것 같을 뿐 곧 비바람에 만신 창이가 될, 아니 갈기갈기 찢어져 버릴, 허공에서 다리를 곧게 펴고 있는 지누시의 소녀들

창문은 아마도 신호등의 빨간불을 바라보고 있으리라, 황혼 사이로 빨간불이 초록불을 안고 휘돌아 나가는 것을 내려다보고 있으리라, 그것들은 아마도 모든 것들이 허공이 되는 것을 바라보리라

오늘은 노랫소리도 들려온다, 세상에서 가장 아름답고 슬픈 노래 '나는 세상으로부터 잊히고', 소녀들은 춤춘다, 허공도 따라서, 바람도 따라서 춤춘다, '우리는 세상으로부터 잊히고……' 춤추던 어느 하루만 남아, 거대한 희망을 켜고 남아

ᅳᅳᅳᅳᅳ지누시의 소녀들

2

감기는 눈 가늘게 뜬 '명품 수선' 가게, 저녁을 이불처럼 끌어당겨 덮고, 구르네, 흑자줏빛 실패 하나, 워이 가리너, 워이 가리너

ᅳᅳᅳᅳᅳ저녁을 이불처럼

3

벌레 소리, 종소리, 따뜻한 가로등 불빛 소리, 미처 걷지 못한 빨래 흐르는 소리, 물통들을 머리에 이고 옥상들 웅얼대는 소리, 당신 발톱 깎는 소리, 당신 흉터 기어가는 소리, 틀어진 실밥들은 밤에 젖어 젖어, 천리향 피는 소리 수만리

은하에 젖어 젖어

　보이지 않는 것들은 향기를 풍긴다

　　　　　　　------보이지 않는 것들은

　　　　　　영원에 대한 세개의 율(律)

■

　가족사진은 황홀하네, 네가 서 있고, 그 옆에 네가 또 서 있고, 그 옆에 네가 또 서 있는

　오늘 밤 부르는 이 노래를 너에게 바치네, 언제나 너에게 어디서나 너에게 바치네

　삶은 끊임없는 매혹, 작별의 인사도 없는, 만남의 기약도 없는,

　그러므로 그러므로

　가족사진은 슬피 황홀하네, 네가 서 있고, 그 옆에 네가 또 서 있고, 그 옆에 네가 또 서 있는

　가족사진, 그 끊임없는 피에의 잠입(潛入)

가족사진

■

모서리 다 닳은 등불처럼
등불의 외다리처럼
여기, 생의 거미줄에서
여기, 반들거리는 먼지의 영원에서
발끝마다 아득히
기다림의 댓돌 위에서

아야아, 풀 먹인 삼베 같은 목소리

한용운 옛집

■

가을비, 흰,

내 심장 소리 말없이 듣곤 하는 호박빛 짜깁기 광목 이불,
아무리 내 발에 밟혀도 찍소리 한번 없는 낡은 카펫, 내 상어
빛 만년필로 콩콩 살이 찍혀도 비명 한번 지르지 않는 호둣
빛 식탁, 또는 저 혼자 너무 빨리 달려가버리곤 하는 달리기
선수 내 오래된 탁상시계

가을비, 흰,

또는 늘 컵이며 오미자 찌꺼기며 주전자며 커피며 볼이
빨간 당근이며 비닐에 갇힌 고등어 납작 엎드린 냄비 뚜껑
여드름처럼 이마에 얹고 있는 선반, 지원이나 와야 신나는
소리 한번 낼까 말까, 사십년도 더 된 낡은 검은색 호루겔 피
아노, 할부금도 미처 다 못 낸 채 칠 벗겨져버린 그것, 닫힌
건반 같은 그

가을비, 흰,

그 한편 구석에 몽당의자 놓고 베르곤지의 아리아를 듣는

다, 지원이의 앙증맞은 손가락 아래서 울리는 사형수의 리
릭테너를, 구겨진 종이컵을, 구겨진 선반을, 구겨진 신발을

가을비, 흰,

먼 데 벼랑에서 오는

가을비, 흰, 어느날 오전 11시

■

우리는 참 같은 방식을 좋아하고 있었군
저무는 달을 보고 출렁출렁
울부짖는 파도를 보고 아아아아
시를 썼군, 감탄하면서 시를 썼군

죽은 자들의 글자만 읽고 있었군, 밤새워 읽고 있었군

　　　　　한밤내 꾼 꿈-비스듬히-비-스-듬-
　　히-빗어내리며

달려가는 길을 보고 인생을 생각했군
　　　　　　　　또는
피어나는 꽃을 보며 아름다움 운운하고 있었고……
　　　　　　　　또는
튀어오르는 주름을 보고 늙으신 어머니를 생각하고

같은 창문에 기대 있었군
　깃털처럼 날리는 창문, 실바람에도 비틀덜덜-주눅드
는 문

풍경 속에서 풍경을 캐낸다고 믿고 있었군

지층에서 지구를 캐낸다고 믿고 있었군

                    한밤내 꾼 꿈—비스듬히—비—스—듬—
               히—빗어내리며

구불구불한 시집을 내고 있었군, 다락까지 채우는 시집의
대열에 끼고 있었군, 하얀 무좀 먹은 종이로 구령을 부르고
있었군, 하낫, 둘, 하낫둘

삶은 각주 또는 부지런한 인용, 농담—쓸쓸서러워지는, 그
러나 그러나…… 무좀 시집

무좀 시집

■

　무거운 보따리를 든, 그러나 한껏 멋을 낸, 간이역의 여자
들을 철길 가에 소복이 모여 앉은 맨드라미들이 쳐다본다,
흑자줏빛 얼굴들을 허공에 깊이 묻고

　레일처럼 울먹울먹 묻고

　작별의 말도 없는, 만남의 기약도 없는 오후 여섯시, 재빠
른 기차는 서지도 않는, 흑자줏빛 오후 여섯시, 꿈은 자갈 위
에 뒹굴다

꿈은 자갈 위에 뒹굴다

돌아서는 길목마다 먼 곳은 남아 있어

애달파라, 그 얇은 모퉁이
끝없이 구불거림, 미끄러짐

어찌할꼬 어찌할꼬
이 흑자줏빛 추운 얼굴들을 어찌할꼬

먼 데서 어미 잃은 고양이 아옹아옹 울고불고
먼 데서 오느라 고단한 비도 아옹아옹 울고불고

아야아

돌아서는 길목마다 비 흐르는 먼 곳은 남아 있어

먼 곳

별이 널 붙들면 어찌 될까, 한밤이 세계를 붙들듯이
네가 별을 붙들면 어찌 될까, 세계가 한밤을 붙들듯이

그러다 그러다

너도 나도 별이 되면 어쩔까, 세계처럼 한밤처럼
그렇게 아득하면 어쩔까, 어쩔까

한밤에 마당으로 나가

자갈 둘둘 허리에 감은 오솔길
휘둥그레 눈 뜬 바늘꽃 기침 소리

그리운 동네처럼, 너
핏줄 속으로 돌아다니고, 돌아다니고

아야아

바늘꽃 기침 소리
DMZ를 위하여

■

가끔 여기가 아주 낯설어질 때가 있다

꿈결들은 돌진한다
고동빛 머리칼이 심장 속으로 돌진한다
그릇들이 무릎 속으로 돌진한다

저것들이 내가 먹는 약인가─
처음 보는 약통들이다
약통들이 미간을 씰룩거린다

저 계단들이
내가 저녁이면 오르는
집으로 돌아가는 그 계단인가─

저 흠이 있는 현관문이
나의 집으로 들어가는 비밀의 통로인가─
나는 저기서 매일 영원과 이별하는가─

그 검색원은 모자를 벗으라고 했다
내 머리는 바람을 받으며 장식 못처럼

검은 엑스레이를 받아들었다
말없이 말을 받아들었다

나는 검은 엑스레이에 대고 묻는다
너는 꿈인가ㅡ 꿈의 테두리인가ㅡ
검은 엑스레이는 메아리처럼 물결쳐 대답한다
너는 꿈인가ㅡ 꿈의 테두리인가ㅡ

우리는 검은 폭포 위에 수직으로 추락하며 합창한다
너는, 너는 꿈인가ㅡ 꿈의 테두리인가ㅡ고
너는, 너는 꿈의 여명인가, 여명의 꿈인가ㅡ고

가끔 여기가

■

거기엔 눈부신 동사들이 걸어다닌다:
　　　　속삭이다, 더불다, 이어주다 등등등등

거기엔 즐거운 명사들이 걸어다닌다:
　　　　별, 꿈, 꽃, 희망 등등등등

거기엔 오솔길 같은 형용사들이 걸어다닌다:
　　　　은하수 같은, 따스한, 하느님 같은 등등등등

거기엔 다정한 부사들이 걸어다닌다:
　　　　향기롭게, 나팔꽃같이, 작디작게 등등등등

거기엔 둥근 숫자들이 걸어다닌다:
　　　　만리향 만, 천리향 천, 백리향 백, 칠색 무지개
　　등등등등

거기엔 축일 같은 번호들이 걸어다닌다:
　　　　초등학교 시절 1학년 4반, 함께 공부한 세 친구
　　　　5번 선희, 47번 홍건이, 49번 동건이 등등등등

아, 거기엔 모퉁이 같은 꿈들이 걸어다닌다:

　　　　지난밤에 꾼 꿈, 지지난밤에 꾼 꿈, 네가 비로
　　　소 나타난 꿈 등등등등

웰컴 투 우다다
웰컴 투 우다다

　　　　　　　　　　　　　　웰컴 투 우다다

제 4 부

겨울 편

고모 또는 당고마기고모

우리는 그녀를 가끔 당고마기고모라고 불렀다. 왜 그렇게 불렀는지는 모르겠다.

고모가 살던 곳의 이름을 붙였던 것인지…… 그때 어머니한테서 자주 들었던, 옛이야기의 여인 같아서 붙여진 별명이었던 것인지……

아무튼 당고마기고모는 키가 컸고 광대뼈가 나왔으며 살빛이 검었고 무엇이든 척척 했다. 여신처럼.

■

    거기엔 문이 없었대 모자뿐이었대 거기엔 길이 없었대 모
자뿐이었대 모자뿐이었대 고모는 넘어지고 말았대 일어설
길도 없었대 모자뿐이었대 비로드-가화(假花) 달린,

        아, 저런

    고모의 집을 나오니 안개가 막막했다, 모자 하나가 급히
쫓아나와 나의 머리둘레를 재기 시작했다

**   고모, 모자 가게에 가다**

■

형제들은 모두 가버렸죠, 지하철을 타고, 강 너머로

나는 발뒤꿈치를 세우고 유리창 모퉁이로 들여다보았
어요
고모가 마악 블라우스를 벗고 있었어요
브래지어도 하지 않은 젖가슴이 전등 불빛 아래 백색 반
지처럼 빛났어요
놀랍게도 고모의 블라우스는 가슴께가 뻥 뚫려 있었어요
구름무늬들이 제멋대로 떠다녔어요
방 안은 금세 구름무늬들로 가득 찼어요

고모가 그중 한 구름에 올라탔어요
고모의 하얀 젖가슴이 구름무늬로 흔들렸어요
무한천공, 천공무한, 무한천공, 천공무한

가끔 가장 큰 구름무늬가 웃어대기도 했어요
그럴 때마다 구름무늬의 입술은 천공빛 그늘에 흔
들리면서 얼룩얼룩해지곤 했어요

구름무늬 사이로 흐르는 망자(亡者)들

그림자 부스러기들
휘어지는 길들
끊임없이 흐르는 고모의 속살

　　　　　고모여/고모여/당고마기고모여

형제들은 모두 가버렸죠, 지하철을 타고, 강 너머로
아무도 돌아오지 않는 밤
구름무늬 블라우스만 어둠을 개키는 밤
구름무늬 블라우스를 타고 세계의 하늘 위로 달리는 밤

　　　　　　　　　　당고마기고모의 구름무늬 블라우스

■

흐른다 흐른다 흐르는 것은 시간만이 아니다 고모의 손도 흐른다 보리수 밑으로 흐른다 흐른다 흐른다 아, 고모, 당고 마기고모, 흐르는 것은 구름만이 아니다 흐른다 흐른다 월요일만이 아니고 월요일의 노동만이 아니고 고모의 머리카락이 흐른다 지붕처럼 흐른다 마당처럼 흐른다 배춧잎처럼 흐른다

흐른다 흐른다 고모의 구름무늬 블라우스처럼 흐른다 흐른다 흐른다 고모네 장롱에 가득 찬 어둠처럼 흐른다 흐른다 고모는 어둠을 꺼낸다 흐른다 어둠은 모든 돌 위로 흐른다 켜진다 켜진다 어둠 뒤에서 등불이 어둠을 껴안는다 흐른다 켜진다 돌이 흐른다 켜진다

흐른다 켜진다 네가 흐른다 켜진다 너의 손이 흐른다 켜진다 언덕처럼 흐른다 켜진다 피를 흘린다 피는 너의 수액 나를 기다리는 너의 지층 아야아 ─

흐른다

■

시월, 밤하늘에는 꿈꾸는 것들이 가득하네
길들이 가득하네
잠든 보리수 꽃잎들이 가득하네
연분홍 고무장갑을 목에 건 고모 곁
황금테 숟가락들이 가득하네
검은 산그림자들이 가득하네

고모여/고모여/당고마기고모여

해진 신발들이 가득하네
푸른 핸드백들이 가득하네
꽃그림 접시들이 가득하네
꺼질 줄 모르는 컴퓨터들, 창백한 냉장고들, 티브이들이
가득하네

밤하늘에 밤하늘에
우리는 모두 꿈꾸며 가득하네
우리는 모두 꿈꾸며 나아가네, 가득히 가득히
지구의 끝으로 또는 처음으로, 가득히 가득히

고모여/고모여/당고마기고모여

밤하늘에는 꿈꾸며 나아가는 것들이 가득하네
가득하네

가득하네

■

의자 두개가 놓여

있네— 자줏빛 비로드가 덮인 의자

두개—

의자와 의자 사이엔 마룻바닥이—

강물처럼 흘러— 당고마기고모의—

검은

눈썹처럼 흘러

까아맣게까아맣게—

흘러—

의자 두개

■

……수박, 오이, 양파, 참외, 복숭아, 참외복숭아, 토마토,
복숭아, ……수……박, 참외, 예쁜 복숭아, 마이크에 대고 백
내장에라도 걸린 듯이 뿌옇게 소리치는 과일 장수의 목소리
가 들려왔다. ……수박, 오이, 양파, 참외……복숭아, 토마토
……수……박, 참외, 색시 같은 복숭아, 속절없이, 파도 거품
치듯이…… 애끓는, 그 소리는 어느 틈엔가 들리지 않았다.
공기가 그 소리를 먹어버린 것 같았다.

매미가 울기 시작했다. 나뭇잎을 씹는 듯한 그 소리, 씹다
가 가지 사이로 밀어넣는 듯한 그 소리- 가지를 흔들며 기
어가는 듯한 그 소리…… 애끓는,

갑자기 고모가 말했다, 참 예쁜 노래군, 애끓는……

애끓는

고모가 잡풀을 뽑네
곁에서 나도 잡풀을 뽑네
잡풀을 뽑다가 원추리 떡잎도 같이 뽑네
고모도 일 센티쯤 자란 채송화를 뽑았다고 한숨을 쉬네
뽑힌 그것들을 다시 묻어주고
함께 기도하네
살려주십사, 살아주십사, 살려주십사, 살아주십사
한 기도는 내 기도이고
또 한 기도는 고모의 기도이네

고모가 잡풀을 뽑네
손톱보다도 작은 꽃이 핀 그것들
차마 뽑지 못하네
내가, 내가 잡풀을 뽑네
잡풀이 들고 있는
손톱만 한 바람을 보고
차마 머리칼을 심장 가로 쓸어버리지 못하네

잡풀아 잡풀아
하늘을 들고 있는 잡풀아

바람을 들고 있는 잡풀아
힘들면 내려놓으렴
숨들면 내려놓으렴
고모가 호미를 던져버리네

                 고모여/고모여/당고마기고모여

고모가 잡풀을 다시 심네
손톱보다도 작은 꽃이 핀 그것들
차마 뽑지 못하고
다시 심네
마당에 손톱꽃이 가득, 가득, 가득

손톱꽃

■

고모가 단추를 다네
비 주룩주룩 내리는 날
푸른 돌에 내리는 비처럼
푸른 돌에 내리는 단풍잎처럼
눈물 철철철
단추를 다네

실 끝에는 화살이 달려 있네
고모가 단추를 옷에 매다네
단추가 고모를 옷에 매다네

실화살, 화살실
실패화살, 화살실패

　　　　고모여/고모여/당고마기고모여

고모가 빨래를 하네
세차게 물속에서 셔츠를 흔드네
셔츠 끝에서 거품이 이네
새의 날개처럼 부풀어 정오 속을 나네

고모의 빨래가 날갯짓하네
고모는 날아가네 빨래 밖으로
고모는 날아가네 정오 밖으로
추억 밖으로, 그림자 밖으로, 황도대 밖으로
모든 밖이 안으로 들어가네
날갯짓하며 들어가네

　　　　　고모여/고모여/당고마기고모여

단추들이 날아가네
빨래들이 날아가네
고모의 날개에 앉아 날아가네

고모의 단추 또는 빨래

■

파리 한마리
당고마기고모네 연푸른 소파 위를 나네

     파리가 멈추네
     순간 파리와 나 사이로 흐르는 전율

벼랑으로 달려나온 피톨들, 벼랑으로 팽개쳐진 심장 조각들

     파리가 나를 빤히 바라보네

눈부신 초록빛 궁둥이,
             를 향해

    맹렬히 날아가는

초록빛 파리채

              당고마기고모네 소파 위를 나는 파리

■

당고마기고모가 작은 새를 안고 가네
당고마기고모가 작은 새를 안고 내 잠을 넘어가네
당고마기고모가 작은 새를 안고 내 잠 속에 든 꿈을 넘어
가네

한 모로 두 모로 네레 모로 당도하니

신새벽이었단다, 바다도 강도 어둠을
목걸이처럼 두르고, 저희들 수평선을 등
불처럼 들고 있었단다, 그 등불이 저희
의 심지를 타게 할 때, 별을 인 어머니 모
래둔덕을 건널 때, 아, 하고 탄성을 올리
던 잠, 분홍 젖 끝없이 흐르던,

우린 모두 닫히지 않는 창
우린 서로 그리운 별

한 모로 두 모로 네레 모로 당도하니

당고마기고모가 내 잠을 넘어가네

작은 새를 안고 내 잠을 넘어가네
작은 새를 안고 내 잠 속에 일어나 앉은 꿈을 넘어가네

당신은 누굴까
나는 누굴까
우리는, 아니 모르겠네

　　　　산이 말하고/돌들이 말했단다/길들이
　　　기웃거리고/어둠도 별을 이고 즐거이
　　　웃었단다/대지를 빨아대고 빨아대는 모
　　　래의 입술

　작은 새를 안고 당고마기고모가 꽃잎 그려진 깃털 이불을
터네
　작은 새를 안고 당고마기고모가 나의 심장에 꽃잎 그려진
깃털 이불을 덮어주네
　작은 새를 안고 당고마기고모가 나의 무릎에 잠과 꿈과
꽃잎 깃털을 섞어 섞어 덮어주네

　　　　　당신은 끊임없다, 너는 끊임없이 사랑

이며 절망이며, 꿈이며, 숨이며

한 모로 두 모로 네레 모로 당도하니 길 아래서

꿈 하나 겅겅 울며 길을 건너가고

작은 새를 안고 가는 당고마기고모

■

누가 문을 두드리네
*어찌찾으리이까어찌찾으리이까/뼈마디도 서러워서살마디
도 서러워서*
두드리네 두드리네
두 주먹 불끈 쥐고 두드리네

그건 결코 나눌 수 없는 잔치, 무지갯빛 떡은
따스하고, 탁자에선 무지갯빛 김이 오르고 가
슴으로 들어갈 때마다 몸무게를 줄인다, 우리
들의 몸은 결코 나눌 수 없는 잔치, 무지갯빛
떡은 가슴으로 달려와 더운 김을 뿌린다, 우리
들의 사랑도 신들의 사랑도 결코 나눌 수 없는
잔치, 이 세상 모든 구름 모든 이슬 모든 흔적
없는 것 영원이 다녀간 듯 오색빛 뺨 실룩대는,

누가 문을 두드리네
*어찌찾으리이까어찌찾으리이까/뼈마디도 서러워서살마디
도 서러워서*
두드리네
두드리네

122

두 주먹 불끈 쥐고 두드리네

우그러진 냄비들의 꽃베개
숨죽인 양초 한구석 녹아내리는

최후의 만찬

고모여/고모여/당고마기고모여

그건 결코 나눌 수 없는 잔치, 무지갯빛 떡은 따스하고, 탁자에선 무지갯빛 김이 오르고 가슴으로 들어갈 때마다 몸무게를 줄인다, 우리들의 몸은 결코 나눌 수 없는 잔치, 무지갯빛 떡은 가슴으로 달려와 더운 김을 뿌린다, 우리들의 사랑도 신들의 사랑도 결코 나눌 수 없는 잔치, 이 세상 모든 구름 모든 이슬 모든 흔적 없는 것 영원이 다녀간 듯 오색빛 뺨 실룩대는,

누가 문을 두드리네, 어찌 찾으리이까 어찌 찾으리이까, 뼈마디도 서러워서 살마디도 서러워서, 두드리네 두드리네, 두 주먹 불끈 쥐고 두드리네

두드리네, 꿈에 젖어 서러움에 젖어, 아야아 심장 소리에
젖어 젖어

누가 문을 두드리네

■

고모가 흘러간다
　세상을 잡으려고 흘러간다

　　999마리의 양떼와 998마리의 양떼와 997마리의
　양떼와 996마리의 양떼와, 양떼와, 양떼와, 양떼와,

사람은 얼마나 그리워할 수 있을까 기다릴 수 있을까

고모가 모래 속으로 난다
　세상을 잡으려고 난다

　　계단을 올라가는 양떼와 지평선에 앉는 양떼와
　지층에 앉는 양떼와 다시 길을 떠나는 양떼와, 양떼
　와, 양떼와, 양떼와,

사람은 얼마나 그리워할 수 있을까 기다릴 수 있을까 난
모두 누구였을까

흘러라 고모여
　날아라 고모의 딸이여

꿈속의 잠이여
잠 속의 꿈이여

흘러라, 고모여

고모여 함께 가소
지금과 금지와
물과 불과
영혼과 육체와

고모의 구불구불한 머리카락이여 함께 가소
아비와 어미와
아비와 어미는 한 몸
언제나 언제나 한 몸

　　　　　정화수루/물로 시쳐/맑은 등불/세웁시다

천리 속눈썹, 눈부신 빛 속에서 흔들리오
빛의 눈꺼풀에 매달려 새들, 일제히 솟아오르오
여명을 떠다니는 잎들, 입들, 일찍 열린 살들
우연불멸의 고름 되어 휘날리오, 지층을 칭칭 감아 흩날리오

지평선, 지구, 지맥, 내가 나를 낳는 소리, 끝없이 끝없이 낳
는 소리

함께 서 있으나 늘 따로 서 있는 당신이여
언제나 언제나 거리를 지니는 당신이여

정화수루/물로 시쳐/맑은 등불/세웁시다

저 구불구불한 출구 닫히기 전에
저 구불구불한 희망 닫히기 전에
저 구불구불한 은총 닫히기 전에
저 구불구불한 미래 닫히기 전에

아, 그 둥근 천장 잊을 수 없으니
아, 그 둥근 천장에 비치던 미래향 잊을 수 없으니
아, 그 둥근 천장을 두드리던 태양 마차 소리 잊을 수 없으니
아, 그 둥근 천장에 날던 숨결 숨길들 잊을 수 없으니

정화수루/물로 시쳐/맑은 등불/세웁시다

함께 가소, 들판에 앉으소
언제나언제나 됩시다, 한 몸이 됩시다

고모의 구불구불한 머리카락

■

고속도로 끝에 사는 당고마기고모
자주 연분홍 뽀얀 안개가 되는 당고마기고모
봄바다를 이고 가는 당고마기고모

　　　선반에는 연분홍 안개와 금빛 바람 덮인
봄바다가 앉아 있었다,
　　　꽃그림 춤추는 이불을 가운데 두고 잠과
꿈이 앉아 노닥거리고 있었다,
　　　난로 위에서는 노란 양은 주전자가 끓고
있었고,

　　　얼룩투성이 유리창에는 꽃성게, 꽃미역국,
은조개구이, 은매생이죽, 바닷소리 소라고
등, 등등등등,

　　　청동빛 날개가 달린 게들이 봄바다 위로
날고 있었고,

고속도로 끝에 사는 당고마기고모
자주 연분홍 뽀얀 안개가 되는 당고마기고모

봄바다를 이고 가는 당고마기고모

　　　그네들은 서로 다른 지점에서 헤매기 시작
했다, 지하철을 타고 가다 내려, 다시 거꾸로
타고 가다 내려, ……봄파도, 봄물방울……
봄섬…… 다시 내리고, 다시 가고, 다시 거꾸
로 달리고, 다시 거꾸로 걸어, 헉헉헉헉 출발
도착 도착출발, 산 죽음, 죽은 삶, 꽃 핀,

고속도로 끝에 사는 당고마기고모
자주 연분홍 뽀얀 안개가 되는 당고마기고모

어딘가 섬은 있으리

봄바다를 이고 가는 당고마기고모

　　　　　　당고마기고모가 봄바다를 이고 가네

■

밥알에 푸른 그늘이 내려앉을 때
푸른 돌이 장미의 팔을 잡아당길 때
햇빛 소리가 댓잎에 출렁출렁 서걱일 때
너의 힘줄이 지층에 부딪쳐 까마득히 쨍그랑거릴 때
까마득한 심연 가 철길에서
모든 추락이 비상(飛翔)일 때
집으로 돌아가는 새의 두 발이 화살처럼 맹렬히 달려갈 때
모든 구석에서 나비들의 일곱 빛 더듬이가 흩날릴 때

　　　　　고모여/고모여/당고마기고모여

사랑이 종소리와 함께
또는, 또는
연잎 발에 묻은 진흙 사이를 지나갈 때
당신과 당신이 모르는 어깨를 겹쳐
죽음 사이를 지나가며 소리 지르는 아야아,

참, 아름다운 시간

아름다운 시간

당고마기고모가 계단에 혼자 앉아 뜨개질을 하네, 빨간 꽈배기 모자도 짜고, 에코 가방도 짜고, 목이 긴 양말도 짜고, 아기 보닛도 짜고…… 가끔 대바늘이 계단 옆 반쯤 열린 창으로 뛰어내리는 때도 있었네, 그럴 땐 고모도 대바늘을 따라 뛰어내리곤 했네, 새벽녘이면 꽃밭 가에 별빛 대바늘들이 가득했네, 화살촉처럼, 심장촉처럼

당고마기고모의 대바늘

■

얼룩진 유리창에 키스할 것
　키스하고 또 키스할 것
　　길에서 편지를 쓸 것
　　구원을 기억할 것

　　　　새들이 왜 붉은 아침이면 날아오르는지 물어
　볼 것
　　반드시 반드시 날아오르는지, 왜 우리는 끝없이
　날아오르는지
　행복은 왜 불행인지, 불행은 왜 행복인지 물을 것, 끝
없이 물을 것
인간을 구하지 못하는 인간적인 구호들을 무시할 것

모랫길을 즐길 것
　신을 잊을 것
　　그러나 그러나
　　그 밀회는 잊지 말 것

　　　　　　　새벽 예배를 드리러 가는 고모

다이달로스의 미로(迷路)

1)

그렇다. 여행이다.

2)

여행의 선두는 신발 한켤레 또는 감자 한알.

3)

오늘도 긴 길을 걸었다. 애인은 아직 오지 않았다.

길은 산허리를 돌아 돌아 끝없이 계속되었다. 끝났는가
하면 돌아들고 이제 산을 다 내려왔는가 싶으면 길은 다시
시작되었다.

애인은 길. 시의 몸에 핏줄을 통하게 하는 이.

4)

떠도는 존재의 복숭앗빛 그늘, 복숭앗빛 그늘의 순간 눈썹 또는 그 눈꺼풀.

5)

모든 덧문들이 사막에 도착한다. 풀들이 웅크리고 앉은 구불구불한 언덕을 지나, 보풀 날리는 구름 밑을 지나, 초록빛 선인장들의 깊디깊은 가시눈(眼)을 지나, 갑자기 불어대는 모래바람을 지나, 지평선을 지나, 서럽게 쏟아지는 소나기를 지나, 지나, 지나……

6)

'곤(鯤)' 한마리가 삼천리 지느러미를 펄럭이며 모래바람 속으로 날아오른다.

푸르게 편 곤의 지느러미날개. 까마득한 그 비상(飛翔).

실은 끊임없는 정지인 그 비상.

7)

쓴다는 것은 끊임없는 정지, 또는 비상(飛翔)의 접속이다. 접속의 여행이다.

또는 사유의 '무한선율'과 그 변주, 풍경들의 접속과 그

확산.

쓰는 시간, 그것은 끊임없는 접속의 시간 속에 놓여 있다, 접속한 다음 통합하는 시간 속에서 꿈꾼다.

8)
그때 여행은 정념(情念), 그 순례가 된다.

9)
순례하는 정념의 시간은 눈부시다. 그것은 이미지의 공간 깊숙이 너를, 나를 안내하리라.
무한선율을 꿈꾸며, 무한변형을 꿈꾸며, 안과 밖의 연결을 꿈꾸며.

10)
그곳에서는 시계 속의 시간은 가지 않는다. 때로는 연결을, 때로는 변혁의 상승을 꿈꾸게 할 뿐. 정념의 시간이 되게 할 뿐. 정념이 끝없이 변주되는 시간이 되게 할 뿐.
상승을 품고 끝없이 변태·변주·변신을 시험하는 그 시간, 그 순간의 절대고독.

그것은 수천인인 〈너〉와 수천인인 〈나〉의 통합. 존재의 심연을 흐르는 지층의 통합이며 역사의, 혹은 '틈'의 통합.

11)

그래, 나는 아직 돌아오지 않았다. 아직도 여행 중, 순례 중. 너를 찾아 네 속으로. 나를 찾아 내 속으로 여행 중, 순례 중. 이미지들이 떠도는 골목골목을 들여다보며 어느날은 여신이 된 옛 여인, 바리, 당고마기고모를 만나기도 하고, 나의 피붙이 운조를 만나기도 한다.

12)

누구인가 소리친다.

거기서 언어의 물길을 솟아나게 하라. 그 물길이 소리길이 되어 달리는 것을 참을성 있게 기다려라. 온밤을 기다려라. 온 해를 기다려라. 임종의 한마디로 울릴 때까지 기다려라.

모든 여행은 이 영원회귀의 사막에서 우연의 현재를 필연화하려는 몸부림이다. 너의 현재, 갈수록 우연임을 깨달으라, 네게 쓰러져 누운 시의 입술, 감성의 입술, 정념의 입술을 찾아 헤매라. 우연히 집어든 언어 하나가 필연의 허리 속으로 우연의 언어 둘을 끌고 갈 때까지. 그것이 정념의 소리길이 될 때까지.

13)

그 목소리는 다시 소리친다. 사막처럼, 신새벽처럼 소리친다. 무수한 덧문들 앞에 서 있는 너는 지금 진정 고독한가. 절대고독 속에 있는가. 무명(無明/無名) 시인이여. 너의 나여, 나의 너여.

14)

맞바람을 받으며 앞으로 달려나가는, 그러나 언제나 고꾸라지기만 하는 저 긴 여행의, 순례의 옷자락들……

탱자울 같은 시곗줄 밑에서 깃발을 들고 달리는 신발들, 알록달록한 약속들.

울리는, 스며드는, 떨리는__삼투(滲透)의 시의 서랍,

연결의 다리를 건너게 하는 시의 서랍들의 확산.

서랍들의 끝없는 출발.

15)

다시 여행이다.

내 시는 여행의 몸이다. 순례이다. 뼈다. 살(肉)이다.

다이달로스의 미로, 무한통로이다.

16)

애인이 온다.

내가, 네가 온다.

무엇인가 —

휘익 —

지나갔다 —

내 눈 가장자리로 —

지금 —

2020년 가을

강은교